THÉATRE DES FOLIES-BERGÈRE

BIOGRAPHIE

DU

DOMPTEUR NOIR

DELMONICO

ÉCRITE PAR LUI-MÊME

PARIS

IMPRIMERIE V. FILLION ET Cie

RUE DES MARTYRS, 18 ET 18 BIS.

1873

BIOGRAPHIE

DU

DOMPTEUR · NOIR

DELMONICO

ÉCRITE PAR LUI-MÊME

———————

Ledger Delmonico, le célèbre dompteur de lions, est né à Milton, dans l'État de Delaware, et fut amené à Philadelphie à l'âge de deux ans. Son père ayant un grand commerce, notamment celui de bêtes féroces, il s'intéressa dès sa plus grande jeunesse à surveiller ces animaux féroces, qui excitaient sa curiosité, et à lire les livres qui en parlaient.

A l'âge de treize ans, son père l'emmena avec lui dans un de ses voyages en Afrique où il allait lui-même à la chasse de ces animaux féroces, et le jeune Delmonico eut bientôt l'occasion de montrer son courage et sa présence d'esprit. Ils étaient tous montés sur des éléphants, lorsqu'un des serviteurs fut attaqué par un tigre; il aurait probablement perdu la vie, si le jeune Delmonico n'eût tiré avec la plus grande vitesse sur le tigre, qui lâcha aussitôt sa proie.

Encouragé par ce succès, il ne connut aucun danger capable de le faire reculer. Après avoir passé onze mois à la chasse de bêtes sauvages, il retourna à Philadelphie pour continuer ses études, et pendant cette époque de sa vie, il n'avait pas de plus grand plaisir que de dompter des jeunes lions, et souvent il disait : qu'un jour il montrerait au monde, que l'homme peut être maître des créatures les plus sauvages. — A l'âge de quinze ans, il fit un second voyage en Afrique, accompagné seulement de deux serviteurs de son père.

Après avoir passé huit mois dans ce pays, il emmena avec lui deux lions, une lionne et quatre petits lionceaux qu'il commença à dompter dès qu'il fut de retour au toit paternel. Il étonna tout le monde par son courage, et il eut beaucoup de succès avec sa nouvelle famille de lions ; ses amis l'encouragèrent à aller courir le monde, pour montrer son talent de dompteur. — Il partit pour l'Europe, et visita l'Allemagne, l'Autriche, la Hongrie, etc. Il eut l'honneur de paraître devant presque toutes les têtes couronnées. Il alla ensuite en Angleterre, pays qu'il avait depuis longtemps désiré voir; et voulant montrer quelque chose de nouveau, il fit venir deux zèbres qu'il parvint à dompter de telle sorte, qu'il pouvait les mener comme des chevaux ordinaires. Toutes les grandes villes d'Angleterre ont pu le voir parcourir leurs rues.

Plus tard, il dompta neuf hyènes qu'il était parvenu à faire sauter dans des cerceaux en papier, et dans des cerceaux brûlants. L'honneur fut d'autant plus grand que ce furent les premières hyènes domptées en Angleterre.

Il parut pour la première fois à Londres en 1866, au palais de Cristal, qu'il visita encore quatre fois ; en 1872 il revint en Allemagne.

Sa carrière de dompteur ne s'est pas toujours passée sans dangers et difficultés ; pendant les six années qu'il a voyagé avec la plus grande ménagerie d'Angleterre, Edmond Tate Wombwells, il fut blessé cinq fois, et aux fêtes de Pâques de 1866, il aurait perdu la vie, si sa grande présence d'esprit n'était venu à son aide. Il travaillait alors avec sept lions et une lionne, juste au moment où ces animaux sont le plus sauvages ; il avait fait à peine quelques exercices, lorsque le plus grand d'entre eux se jeta par derrière sur lui et le renversa tout en le saisissant par une jambe ; presque au même moment un autre lion bondit et s'empara de l'autre jambe ; mais Delmonico, oubliant sa douleur, tira son pistolet et tua un des lions qui tenait une de ses jambes, et prenant alors sa cravache il parvint à se rendre maître de l'autre. Il eut dans ce combat, neuf blessures sur une jambe et sept sur l'autre ; il dut garder le lit pendant quatre mois. Après sa guérison, il se retira de cette dangereuse carrière. Il vécut pendant deux ans d'une vie tran-

quille et retirée. En 1871, fatigué de cette vie mo-
notone, il s'engagea à dompter un groupe de cinq
lions venus d'Afrique, et en moins de trois mois
il donna avec ses lions des représentations au
cirque de Berq, en Prusse. Non content d'en
avoir cinq, il en acheta deux autres; le 3 mars 1872,
à une représentation donnée à son bénéfice il les
réunit tous dans la même cage. Il eut l'honneur
d'être visité par la famille impériale.

C'est avec ses sept lions, qu'il visita l'exposition de Vienne où il parut devant l'empereur
d'Autriche, le prince de Galles, le grand duc Carl
Ludwig-Victor, grand duc d'Altemburg, le prince
de Danemark, le prince Wasa, le prince de Nas-

sau, le prince de Holstein, le prince de Flandres et le duc de Nassau.

C'est de l'exposition de Vienne qu'il fut engagé par M. Sari, directeur du théâtre des Folies-Bergère à Paris.

Paris. — Imp. FILLION et Cie, rue des Martyrs, 18 et 18 bis.

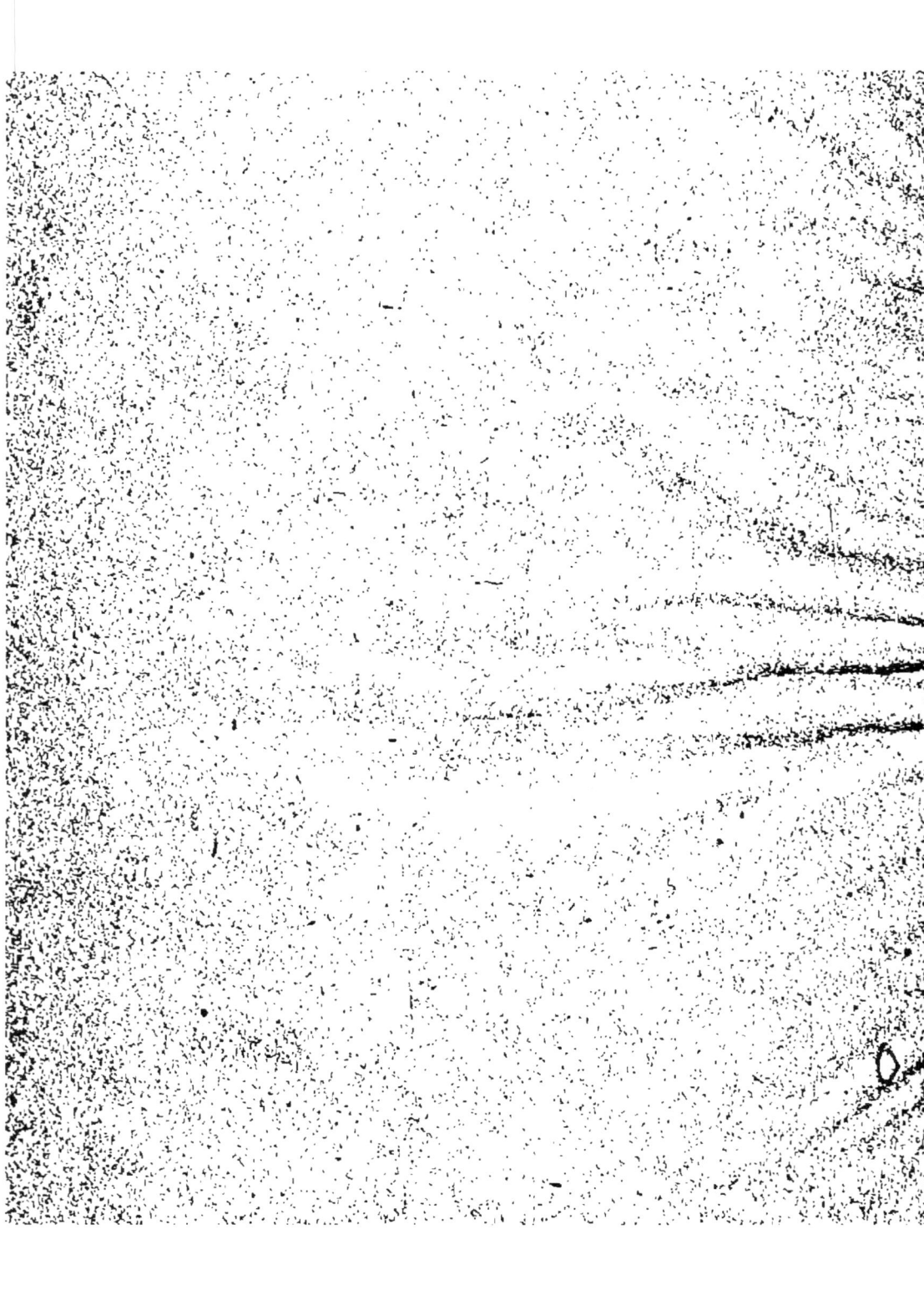

www.ingramcontent.com/pod-product-compliance
Lightning Source LLC
Chambersburg PA
CBHW061523170626
46811CB00004B/1809